Magie Intérieure!

volume 4

SAKI HIWATARI

Cette histoire
est une fiction.
Elle n'a aucun rapport
avec des personnes,
des organisations ni
des événements
réels.

Magie
Intérieure!

4

Sommaire

Magie Intérieure!
- Cosmos in Children -

Magie Intérieure!

- Cosmos in Children -

Présentation des personnages

Haruko Morimiya : collégienne en première année qui a hérité des pouvoirs magiques de sa mère décédée.

Silk : messager des dieux de Haruko. Il communique avec elle dans ses rêves, et pratique la divination.

Kô Kinosaki : collégien en deuxième année, il a déclaré qu'il allait protéger Haruko.

La mère de Haruko : elle a transmis juste avant de mourir son nom de sorcière, Cynthia, à sa fille agée de 8 ans.

Chika Toyoda : petite et belle, elle est la première amie que Haruko s'est faite au collège.

Renon Takioka : petit-fils de l'administrateur général, et collégien en deuxième année qui a la cote auprès des filles.

Akane Kirishima : deuxième amie de Haruko, elle admire Kinosaki-senpai.

Kodemari Takamiya : collégienne qui se dit "sorcière", et amie d'enfance de Kinosaki.

Haruko Morimiya, jeune fille un peu timide, est en première année de collège. Peu avant le décès de sa mère, elle a hérité du nom de sorcière de celle-ci ainsi que de son chat messager des dieux.

Après une victoire à l'école, Haruko est victime d'humiliations et reçoit des lettres lui demandant de chasser la "sorcière". Elle commence alors à chercher le coupable avec ses amis ! Kinosaki, son compagnon le plus fidèle, est aussi celui qui fait battre son coeur... Seulement, il est son messager des dieux, et ça complique beaucoup les choses. Quant à Chika, elle ne les supporte ni l'un ni l'autre, et comme elle est l'instigatrice de cet ijime, elle essaye par tous les moyens de les séparer. Elle a donc poussé Takioka à séduire Haruko et a raconté que le père de Kinosaki était responsable du décès de la mère de la jeune fille. Kinosaki apprend alors par son petit frère que Chika, par rapport à son âge, devrait être en primaire, et qu'elle habite chez Takioka. Il part donc s'expliquer avec son meilleur ami, mais la situation ne tourne pas à son avantage.

TCHAC
... ...
CE QUE TU DIS DE TOYODA, NE M'A PAS CONVAINCU ...
EXPLIQUE-TOI MIEUX QUE ÇA !
ELLE EST MALADE ...
... CHIKA ...

ELLE A UN PROBLÈME CARDIAQUE DEPUIS SA NAISSANCE ...
ET ELLE RISQUE DE MOURIR À LA PROCHAINE CRISE !
MAIS ...
IL Y A BIEN DES SOLUTIONS ...
ET ON POURRAIT L'OPÉRER GRÂCE À DES TECHNIQUES AVANCÉES DANS D'AUTRES PAYS
SEULE-MENT ...
IL N'Y A QUE QUARANTE-CINQ POUR CENT DE CHANCE !

MALGRÉ CE CHIFFRE, NOUS GARDONS ESPOIR EN CETTE OPÉRATION
MAIS CHIKA LA REFUSE ...
TOTALE-MENT ... !
"PERSONNE NE CONNAÎT L'HEURE DE MA MORT"
VOILÀ, CE QU'ELLE PENSE ...
C'EST POUR ÇA QU'ELLE DÉSIRAIT CONNAÎTRE LA VIE DU COLLÈGE

EN TANT QU'ADMINISTRATEUR GÉNÉRAL, MON GRAND-PÈRE A ACCEPTÉ SANS HÉSITER ...
AVEC L'ESPOIR QU'ELLE SOIT HEUREUSE DE CETTE VIE
POUR S'ACCROCHER À LA SIENNE
ET CHANGER D'AVIS AU SUJET DE L'OPÉRATION !
CHIKA NOUS A AUSSI DEMANDÉ ...
DE NE RIEN DIRE AFIN DE VIVRE NORMALEMENT !

VOILÀ … !
ES-TU CONTENT ?
D'AILLEURS MAINTENANT, C'EST TON TOUR !
RENTRE CHEZ TOI ET RÉFLÉCHIS BIEN …
POURQUOI VOULAIS-TU ME FRAPPER EN VENANT ICI ?

PARCE QUE JE SUIS SON MESSAGER ...
C'EST MON DROIT ...
... NON ...
ET PUIS ...

JE N'AIME PAS ...
LA VOIR ...
PLEURER !
L'AUTRE JOUR, À LA BIBLIOTHÈQUE ...
LE RESPONSABLE DE SON CHAGRIN ...
ÉTAIT-CE TAKIOKA ?
OU BIEN ...
MOI ... !?

C'est toi !!
WOUAAAAH
C'EST SILK !?
C'est évident ! tu l'as fait pleurer, crétin !!

Hiiin
Hop
Oui, c'est moi !
je suis ton senpai, et ...
Je suis venu exprès dans ton rêve ...
Sois-en reconnaissant ! ... Maintenant, j'aimerais vérifier une chose !!
Ce contrat avec la première Cynthia est-il vraiment réel ?!?

OUI, C'EST VRAI !
GRRR
D'accord, je te crois ...
POUM
seulement ...
pourquoi as-tu fait pleurer Haruko
alors que tu es son messager, hein !?
A ...
ATTENDS !

BEN ... ÉTAIT-CE À CAUSE DE MOI ... ?
Bien sûr !! t'es bête ou quoooi !?
Dis-moi, franche-ment ...
la protèges-tu à cause de ce contrat ?
Si oui, ce n'est plus la peine ...
Ne t'approche plus de Haruko !!

je suis au courant pour ton père, mais ...
mon premier maître lui a pardonné, et puis tu n'es pas concerné !
Si ça ne tient qu'à ça, Haruko ne veut plus de ton amitié !
Après tout, tes actes ...
te servaient juste à te rassurer !

tu l'as protégée pour te déculpabiliser, voilà tout !!
tu n'es qu'un égoïste qui se collait contre Haruko ...
sous prétexte de la défendre, espèce de menteur !!
C'EST PAS ÇA !!

Ah bon ...?
Alors, expliques toi
JE N'OUBLIERAI JAMAIS LA PREMIÈRE CYNTHIA
MAIS ...
MAINTE-NANT ...
JE NE PENSE PLUS QU'À HARUKO
SEULEMENT À HARUKO ...

UNIQUEMENT À ELLE !
JE VOUDRAIS LA PROTÉGER
Ben ... et pourquoi ça ?
tu es vraiment nul !

... PARCE QUE ...
PARCE QUE JE L'AIME ... !
Bouf
Hein !!

Alors dis-lui toi-même, idioooot !!
SBLAM
Adieuu !!
AAH
INH
J'AI FAIT ...
IL A RAISON
UN RÊVE !

PFFF ...
IL FAIT CHAUD AUJOURD'HUI
AU FAIT
QUE VEUX-TU ACHETER ?
BEN, J'AIMERAIS UNE PETITE PELUCHE
WAOUH C'EST MIGNON ♡
AH BON ?
EUH ... C'EST TOP, OUI !
......

C'EST MIEUX SI ELLE EST UN PEU ORIGINALE
COMME ÇA, ELLE AURA PLUS DE PRÉSENCE
TU AS VRAIMENT L'AIR D'UNE PETITE FILLE
HI HI
AH NON ! ... LAISSEZ-MOI, MAINTENANT !
LES GARÇONS NE PEUVENT VRAIMENT PAS COMPRENDRE

Intervalle 1/4
-1-
tan-chan n'est pas grosse ...
Ne l'interprétez pas mal !
On a dit plein de choses sur moi, mais en réalité tan-chan est...

ÇA VOUS FAIT 1050 YENS
POUVEZ-VOUS FAIRE UN PAQUET-CADEAU, S'IL VOUS PLAÎT ?
... HEIN ?
ELLE N'EST PAS POUR TOI ?
HÉ NON !
C'EST POUR CHIKA-CHAN !
BIENTÔT, C'EST SON ANNIVERSAIRE
AH BON !
JE VOIS ...

J'AIMERAIS ÊTRE PLUS PROCHE D'ELLE
ALORS, L'ORIGINALITÉ DE CETTE PELUCHE LUI RAPPELLERA NOTRE AMITIÉ DÈS QU'ELLE LA REGARDERA
... OUI ...
ELLE PENSERA À TOI COMME ÇA
MERCI BEAUCOUP POUR CETTE JOURNÉE
HÉ ! HARUKO-CHAN ...

OUI ... ?
BEN ... CHIKA ...
... CHAN ...
VA ÊTRE CONTENTE
J'EN SUIS SÛR !

MERCI !
ON SE VOIT DEMAIN AU COLLÈGE
D'ACCORD, À DEMAIN... !

VOILÀ, CHIKA-CHAN !
BON ANNIVER-SAIRE !!
... QUOI ... ?

C'EST POUR MOI ?
... C'EST TON CADEAU ??
HI HI HI
OUI, C'EST ÇA !
J'ESPÈRE QUE ÇA VA TE PLAIRE
BEN ...
MERCI

WAAAOUH ♡ C'EST SURPRENANT !
DIS, CHIKA-CHAN ...
HEIN ?
DEPUIS QUELQUE TEMPS AKANE-CHAN N'A PAS L'AIR BIEN, NON ?
TU TROUVES ?
JE N'AI RIEN REMARQUÉ
AH BON ? TU N'AS RIEN VU ...

BEURK ! ELLE EST VRAIMENT NIAISE !
DING DONG
DING DONG
UN DEUX
UN DEUX
CHIKA-SAN NE PARTICIPE JAMAIS AU COURS DE GYMNASTIQUE
C'EST VRAI, MAIS TU SAIS POURQUOI ?

... EH ...
C'EST NUL !
MÊME SI ELLE M'OFFRE UN CADEAU
IL NE SERVIRA PLUS À RIEN LE JOUR DE MA MORT
C'EST VRAIMENT ...
SANS INTÉRÊT !

AKANE-CHAN !
OÙ VAS-TU ?
... HEIN ?
AH ! HARUKO
JE VAIS AUX TOILETTES
DIS ...
JE PEUX ME TROMPER, MAIS TU N'AS PAS L'AIR À L'AISE, NON ?
QU'Y A-T-IL ... ?
GLOUPS
QUOI ?
BEN NON ... RIEN !
AH, REGARDE !!

VOILÀ, KINOSAKI-SENPAI !
GLOUPS
QUOI ?
OH !
...
...
...

HARUKO ...
EUH ... AH ...
AKANE-CHAN, ON Y VA !
HEIN !?
RUSSSH
... HÉ !
... ...

HARUKOOO, TU N'AURAIS PAS DÛ FAIRE ...
COMME SI TU L'IGNORAIS !
BEN ... C'EST POURTANT ÇA
EN FAIT, IL N'EST PLUS MON MESSAGER
QUOI ?
C'EST PAS VRAI !
TU DÉLIRES OU QUOI !!?

NON, C'EST EXACT
BEN, ÇA VEUT DIRE
QUE JE POURRAIS ... JE POURRAIS ...
QUOI ?
QU'Y A-T-IL, HARUKO ?
EXTINCTEURS

C'EST ...
LA MÊME QUE CELLE QUE J'AI OFFERTE À CHIKA-CHAN CE MATIN
MAIS ...
POURQUOI ?
C'EST BIZARRE ...
... À QUI PEUT-ELLE ÊTRE ?
ET POURQUOI EST-ELLE DANS LA POUBELLE ?

HARUKO !!
JE NE PEUX PLUS LE SUPPORTER !!
QUOI ?
JE TE DIS TOUT !
ÉCOUTE-MOI BIEN !

LE COUPABLE DE TOUTES
CES HUMILIA-TIONS ...
ET BIEN, JE LE CONNAIS ...
C'EST CHIKA !
ELLE EST MALADE DEPUIS SA NAISSANCE, ET COMME ELLE NE PEUT GUÉRIR ...
ELLE DÉTESTE LES GENS QUI ONT DE LA CHANCE ...

JE SUIS DÉSOLÉE,
MAIS, JE NE PEUX PAS T'AIDER ...
PARCE QUE J'AI PEUR ...
D'ELLE !
PARDONNE-MOI ... HARUKO !

TAKIOKA-SENPAI
PUIS-JE VOUS PARLER ?
ALLEZ-VOUS PLAQUER HARUKO
COMME CHIKA VOUS LE DEMANDE ?

TU CONNAIS PRESQUE TOUT, ALORS ...
OUI, À PEU PRÈS
CHIKA EN A PARLÉ
POURQUOI FAITES-VOUS
TOUT CE QU'ELLE VEUT ?
VOUS ÊTES SON COUSIN ...
VOUS POURRIEZ DONC LA RAISONNER, NON ?

TU SAIS ...
QUAND MON PÈRE EST ...
PARTI AVEC LA MÈRE DE CHIKA ...
JE ME SUIS SENTI TELLEMENT BLESSÉ QUE ...
J'AI ACCUSÉ CHIKA MALGRÉ SON INNOCENCE

AU COURS D'UNE DISPUTE, JE L'AI POUSSÉE ET ...
EN TOMBANT, CHIKA A FAIT UNE CRISE TRÈS VIOLENTE
ELLE A SOUFFERT DURANT TROIS JOURS AVANT DE REPRENDRE DES FORCES
VP

DEPUIS, SA MALADIE S'EST AGGRAVÉE
ET VOILÀ OÙ NOUS EN SOMMES ... !
JE L'AI ÉNORMÉMENT REGRETTÉ
ENSUITE ...
JE SUIS ALLÉ À L'HÔPITAL POUR LUI DEMANDER PARDON, MAIS ...

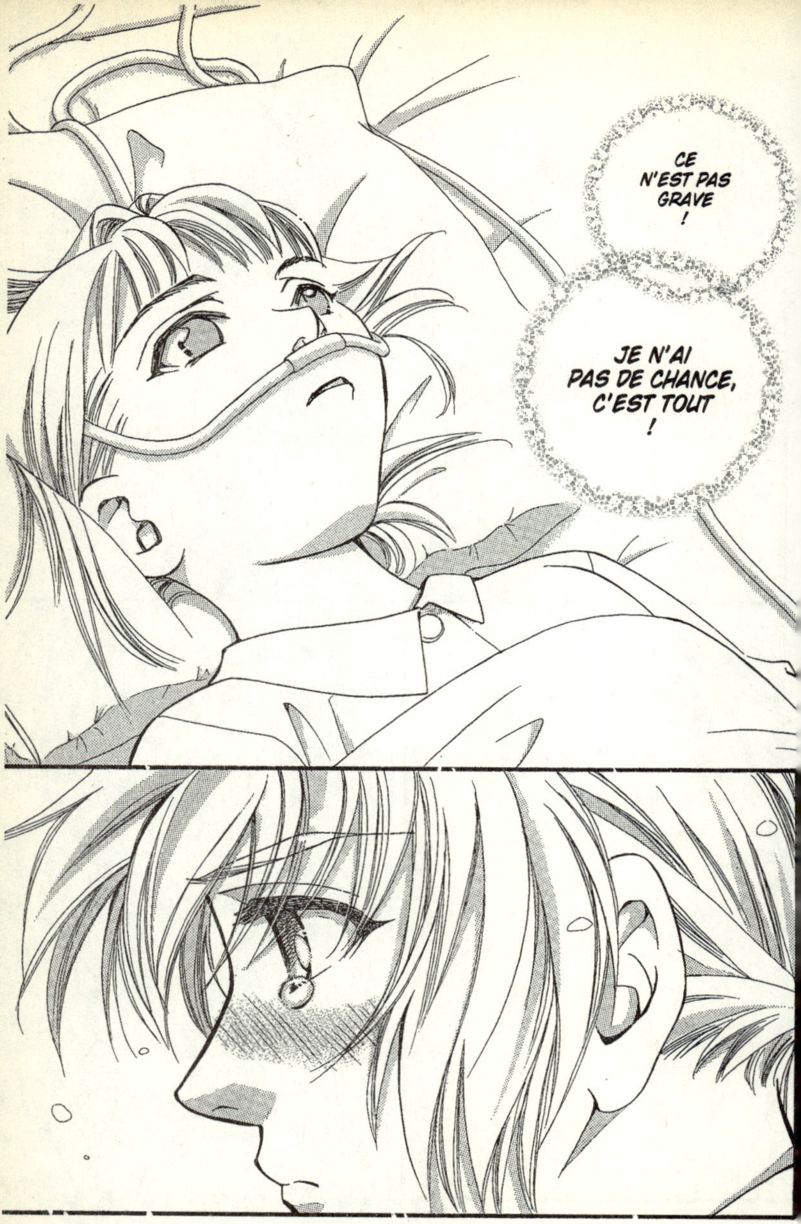
CE N'EST PAS GRAVE !
JE N'AI PAS DE CHANCE, C'EST TOUT !

ELLE A PERDU LA MOITIÉ DE SON POTENTIEL
TOUT ÇA, À CAUSE DE MOI !
ELLE N'AVAIT RIEN FAIT DE MAL ... RIEN DU TOUT !
MAIS ...
C'EST LA MÊME CHOSE POUR VOUS !
VOUS N'AVEZ RIEN FAIT DE MAL !!

VOUS NE VOUS ATTENDIEZ PAS À DE TELLES CONSÉQUENCES !
VOUS EN ÊTES AUSSI LA VICTIME, NON !?
Intervalle 1/4
-2-
... Une belle chatte
Si je suis grosse, mon frère l'est lui aussi !
Ce n'est pas juste qu'on n'accuse que moi !
En réalité, il a le ventre assez gras
qui bouge de gauche à droite quand il marche

HÉ …
… BEN …
MERCI !
C'EST GENTIL !

... HA ...
NON, CE N'EST PAS ÇA
BEN ...
OUH LÀ LÀ LÀ
... HEIN ?

Parce que tu es chanceuse !? Ça veut dire quoi ?
tu as été forte au janken, c'est tout, hein ?

oui ...

JE NE COMPRENDS PLUS RIEN
ET MES IDÉES S'EMBROUILLENT ...
Chika-chan est la coupable
je n'arrive pas à y croire ... !
J'AI TROUVÉ MON CADEAU DANS LA POUBELLE !
SANS DOUTE ...
SANS DOUTE, A-T-ELLE DES GRIEFS ...
CONTRE MOI !

ELLE ME DÉTESTE
JE CROIS !
... ...
SNIF
SNIF
SNIF
voyons voir ...
elle te déteste sûrement,
oui, puisque tu as la santé et ...
que tu n'as eu aucune maladie grave

Même si tu penses être son amie ...
tu es très loin d'elle !
tu ne peux comprendre sa situation
Mais ce n'est pas ta faute ... d'ailleurs ...
que veut dire être amies ?

C'est passer du temps libre ensemble !?
Si c'est le cas, Chika-chan est bien bête !
SON TEMPS DOIT ÊTRE TELLEMENT PRÉCIEUX ...
QU'ELLE NE VEUT PAS LE PASSER COMME ÇA !
CHIKA-CHAN EST ...
MALADE

Mais ...
si tu es triste qu'elle ne t'aime pas ...
cela veut dire que toi, tu l'aimes encore, non ?
... oui ...
JE VAIS EN PARLER ...

Mais avec qui ... ?
tu ne peux plus parler avec Kinosaki, hein ?
OUPS
Il serait plus normal que tu en parles à Takioka ...
puisque vous êtes ensemble !
VOUS AVEZ RAISON, MONSIEUR SILK
BIEN SÛR, SUIS-JE BÊTE !?
JE COMPTAIS ENCORE SUR KINOSAKI-SENPAI

AAAH ...
JE N'AI PLUS LE DROIT DE L'EMBÊTER
D'AILLEURS, JE N'AURAIS JAMAIS DÛ, DEPUIS LE DÉBUT
SALUT, HARUKO-CHAN !

OUPS
GLOU
AH ! SALUT ...
CHIKA-CHAN ...
ES-TU VRAIMENT MALADE ?
FUUU ...

* Prise de judo, technique au sol.

C'EST COMME LA DERNIÈRE FOIS ...
ET MAINTENANT, JE VAIS ASSISTER À UNE DÉCLARATION D'AMOUR
MERCI POUR HIER !
HEIN ??
C'EST LA VOIX DE KODE-CHAN !?
MAIS ...
J'AI OUBLIÉ DE VOUS DEMANDER UNE CHOSE IMPORTANTE ...
HÉ BINGO ...

EUH ... HIER, JE VOULAIS SAVOIR SI ...
VOUS PLAQUERIEZ HARUKO COMME ...
CHIKA VOUS LE DEMANDE
VOILÀ, J'AI UNE AUTRE QUESTION ...

HEU ...
EN FAIT, VOUS SORTEZ AVEC HARUKO À CAUSE DE CHIKA !
MAIS, ELLE NE VOUS PLAÎT PAS VRAIMENT, C'EST BIEN ÇA !?
... ...
EUH ... ELLE EST MIGNONNE
MAIS ...

ÇA ME FAIT MAL AU CŒUR, EN FAIT
ET TOI
ÇA T'ARRANGE BIEN QUE JE RESTE AVEC HARUKO-CHAN, N'EST-CE PAS ?
PARDON ?
PARCE QUE TU AIMES KINOSAKI, HEIN ?
BEN ! EUH ...
HEIN ? AAH ... !?

HARUKO ... !!
QUOI !?

TOURNER
HARUKO !!
ATTENDS HARUKO !! JE T'EXPLIQUE ...
HÉ !!

HARUKOOO !!
J'EN AI MARRE
DE TOUT ÇA !

J'EN PEUX PLUS
PLUS DU TOUT !!

SENPAI
SENPAI
SENPAI
SENPAI
OÙ ÊTES-VOUS ?

KINO-SAKI-SENPAI !!

HÉÉÉ QUOI !?
BLAAAM!!

HARUKO !?
MÊME SI VOUS N'ÊTES PLUS MON MESSA-GER
ET QUE NOUS NE SOMMES PLUS LIÉS DE CETTE FAÇON ...

IL N'Y A QUE VOUS
QUE SE PASSE-T-IL, HARUKO ?
MOI ...
JE N'AI QUE VOUS !
QU'Y A-T-IL ?

SEULE-
MENT
VOUS
...
POUR ME
CONFIER
KINOSAKI-
SENPAI
!!

Magie
Intérieure!

EEEEH
IL EST TOUJOURS PAISIBLE CE PARC, TU NE CROIS PAS !?
(2)

ES-TU
CALMÉE
?

C'ÉTAIT CHIKA-CHAN, L'EXPÉDITRICE DES LETTRES !
CHIKA-CHAN ET TAKIOKA-SENPAI ...
ELLE LUI A DEMANDÉ ...
DE ME SÉDUIRE
JE NE SAIS PAS QUEL LIEN ILS ONT, MAIS ...
IL PARAÎT QUE ...

TAKIOKA ET TOYODA SONT COUSINS
PARDON ... ?
MON FRÈRE ET TOYODA ÉTAIENT DANS LA MÊME CLASSE EN CINQUIÈME ANNÉE DE PRIMAIRE
ELLE A DONC UN AN DE MOINS QUE TOI ET DEVRAIT ÊTRE EN SIXIÈME ANNÉE
EN PLUS, MON FRÈRE L'A VUE ENTRER CHEZ TAKIOKA
ET JE L'AI VÉRIFIÉ EN Y ALLANT !

ON M'A DIT QU'ELLE ÉTAIT MALADE DEPUIS SA NAISSANCE
EST-CE VRAIMENT LA VÉRITÉ ??
OUI !
TAKIOKA ME L'A DIT
ET S'ILS CACHENT LEURS LIENS FAMILIAUX
C'EST QUE TOYODA L'A VOULU AINSI
C'EST TOUT CE QUE JE SAIS
SEULEMENT ...
COMME ELLE N'A PLUS BEAUCOUP DE TEMPS À VIVRE
ELLE DÉSIRAIT VRAIMENT CONNAÎTRE LA VIE DU COLLÈGE
JE NE CONNAIS PAS LES RAISONS
DE L'IJIME ?

SELON AKANE-CHAN ...
C'EST PARCE QUE JE SUIS CHANCEUSE
CHANCEUSE !?
... OUI !
L'AUTRE JOUR, SILK A DIT DANS MON RÊVE QUE ...

JE NE POUVAIS PAS COMPRENDRE LES SENTIMENTS DE CHIKA-CHAN
C'EST VRAI QUE ...
DEPUIS MA NAISSANCE, J'AI TOUJOURS ÉTÉ EN BONNE SANTÉ ET DONC CHANCEUSE
ELLE N'A PAS COMPLÈTEMENT TORT, CAR J'AI EU BEAUCOUP DE CHANCE
DE ...
DE VOUS AVOIR PRÈS DE MOI !

VOUS M'AVEZ TOUJOURS PROTÉGÉE ...
MAIS, ATTENDS ...
QUAND TOYODA A COMMENCÉ, ELLE NE CONNAISSAIT PAS SA CIBLE
ALORS, ELLE A PEUT-ÊTRE ÉTÉ SURPRISE QUE ÇA TOMBE SUR TOI !
GRÂCE À L'AIDE DE MA MÈRE !
VOUS CROYEZ ... ?
BIEN SÛR ! PERSONNE NE SAVAIT QUI SERAIT GAGNANT

SI TU N'AVAIS PAS REMPORTÉ LA VICTOIRE ...
TA RELATION AVEC ELLE AURAIT ÉTÉ TOTALEMENT DIFFÉRENTE
... OUI ...
C'EST VRAI ... !
LES RELATIONS HUMAINES SONT PARFOIS ...
TELLEMENT COMPLIQUÉES QU'ELLES PEUVENT CHANGER À CAUSE D'UN MINUSCULE GRAIN DE SABLE

... ET TOI,
QUE RESSENS-TU PAR RAPPORT À TOYODA ?
DIS-LE-MOI FRANCHEMENT !
TU L'AIMES ENCORE ...
OU PLUS DU TOUT !
PEUX-TU LUI PARDONNER ?
OU NE POURRAS-TU JAMAIS ?

UHN ...
JE ...
JE SUIS TRISTE ...
TELLEMENT TRISTE !
UNH
UNH
UNH
JE COMPRENDS ...
J'AVAIS LE MÊME SENTIMENT CONTRE MON PÈRE

ÇA VEUT DIRE QUE TOI AUSSI ...
TU NE PEUX LUI PARDONNER PARCE QUE TU L'AIMES ...
... OUI ...
C'EST ÇA !
C'EST BIEN ÇA !!
MOI ...

J'AIME CHIKA-CHAN, DONC JE NE PEUX LUI PARDONNER !
SEULEMENT ...
J'AIMERAIS POUVOIR LE FAIRE POUR ME SENTIR SOULAGÉE
MAIS, C'EST QUOI ...
UNE AMIE FORTE ?
OU BIEN UN SENTIMENT SINCÈRE ?
C'EST QUOI ... ?

HARUKO, TU AS ENCORE LE TEMPS
PEUT-ÊTRE NE LA PERDRAS-TU PAS SI TU L'AIMES VRAIMENT
CAR, LE PONT ENTRE VOUS N'EST PAS ENCORE COUPÉ !
TOUT CELA EST LA CAUSE D'UN MALENTENDU
LE PONT N'EST PAS COUPÉ !
OU ...
PLUTÔT ...
VOUS EN ÊTES À PEINE AU DÉBUT DE SA CONSTRUCTION, NON ?

ON DIT SOUVENT "C'EST LE DESTIN", MAIS ...
SI ON LIMITE LE DESTIN À UN ÉVÉNEMENT INSIGNIFIANT ...
ET QU'ON NE FAIT RIEN
C'EST VRAIMENT DOMMAGE !!

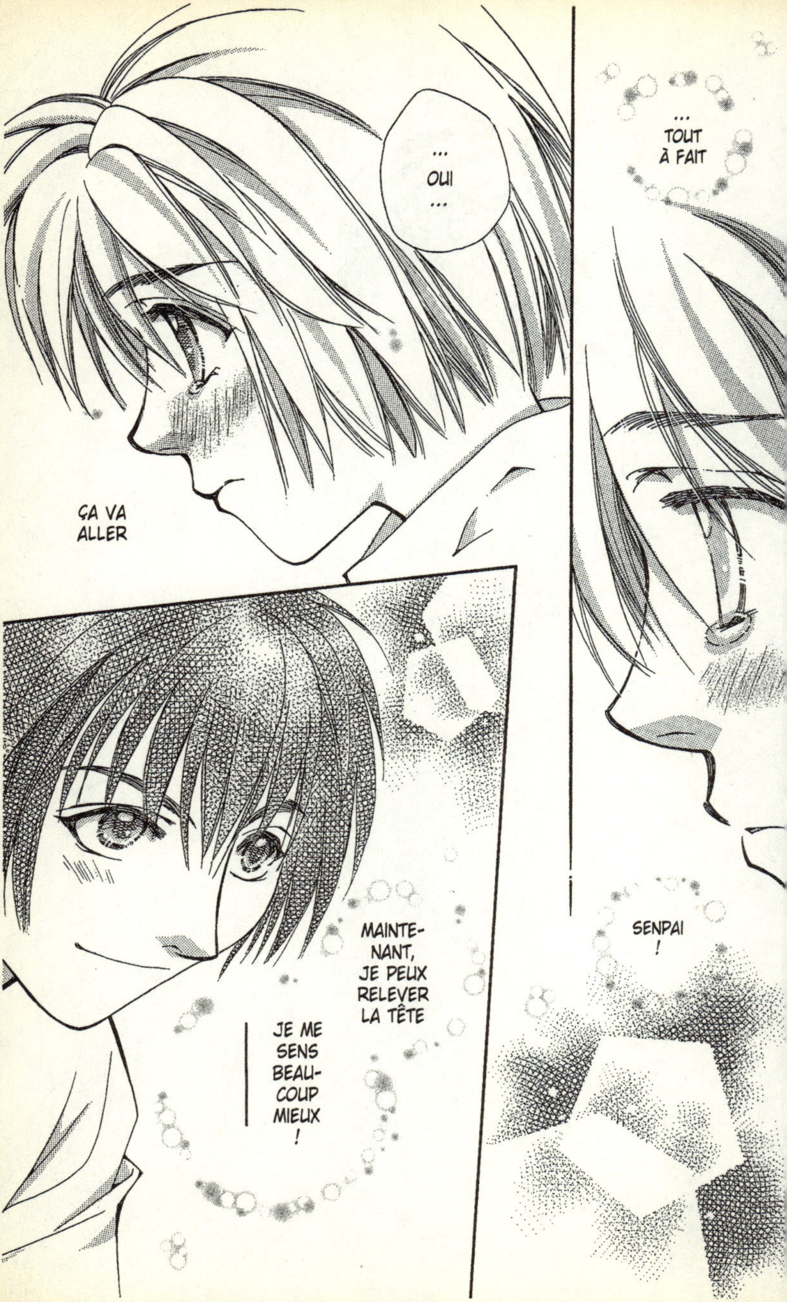
... TOUT À FAIT
... OUI ...
ÇA VA ALLER
SENPAI !
MAINTENANT, JE PEUX RELEVER LA TÊTE
JE ME SENS BEAUCOUP MIEUX !

CAR VOTRE PRÉSENCE
ME REND PLUS FORTE
HÉÉÉ KINOSAKI-KUN ! TE VOILÀ ENFIN !!
OÙ ÉTAIS-TUUUU ??

JE T'AI CHERCHÉ PARTOUT !!
OÙ ÉTAIS-TU PASSÉ !?
BEN ... EUH ...
QU'Y A-T-IL ?
AH ÇA TOMBE BIEN, MORIMIYA-KUN EST LÀ AUSSI ! (3)
JE VOULAIS VOUS PARLER ...
D'UNE CHOSE SUPER CONFIDEN-TIELLE !
AH BON ... ?
OUI !
VOUS ALLEZ ÊTRE SOUFFLÉS !

LE COUPABLE DE L'IJIME EST ...
D'APRÈS QUELQU'UN CHIKA TOYODA, ÉLÈVE DE PREMIÈRE ANNÉE
ON NOUS L'A DIT !
... QUI ??
ET D'APRÈS VOUS
QUI NOUS L'A DIT ?!
EH BIEN ...

JE NE PEUX PAS EN DIRE PLUS, MAIS ...
C'EST UN PROF !!
QUE PENSEZ-VOUS DE CE REBONDISSE-MENT ??
C'EST UN DES PROFS !?
... MAIS QUI ??
BON ...

POUR METTRE UN POINT FINAL À CETTE HISTOIRE ...
NOUS ALLONS FAIRE CIRCULER L'INFORMATION À TOUT LE MONDE
A ...
ATTENDS ! C'EST UN PROF QUI L'A AVOUÉ !!
IL VA AVOIR ...
C'EST POUR ÇA QUE NOUS DEVONS LE FAIRE !

SI CE PROF A PRIS DE GROS RISQUES
EN VOUS L'AVOUANT ...
C'EST QU'IL L'A FAIT EN DÉPIT DE SA FIERTÉ, NON ?

Intervalle 1/4
-4-
Durant les repas, moi, je mange plus que les autres !!
Regardez
comme je mange !!
et puis, je prends toute la place pour dormir ...
Et je m'enfonce profondément dans le coussin
pour laisser une trace plus grosse que les autres !!
et, tu en es fière... ?

MAIS, SENPAI !?
HARUKO ...
MÊME SI TU ES INDUL-GENTE
TU NE PEUX PAS PARDONNER TOUS LES CRIMES !

ENCORE AUJOURD'HUI, JE NE PARDONNE PAS CE QUE MON PÈRE A FAIT !
D'AILLEURS, QUAND UNE PERSONNE QUE TU AIMES, TE TRAHIT ...
IL EST IMPOSSIBLE D'OUBLIER !
APRÈS, C'EST SI DIFFICILE DE CONSTRUIRE UNE BELLE AMITIÉ !

... CHIKA TOYODA-SAN ...
POURRIEZ-VOUS VENIR À LA SALLE DES ASSOCIATIONS ?
... PARDON ?
JE VOUS PRIE DE ME SUIVRE !

SALLE DES ASSOCIATIONS D'ÉLÈVES
MAIS ...
QUE VOULEZ-VOUS EXACTEMENT D'UNE SIMPLE ÉLÈVE COMME MOI ?
EN FAIT ...
ON A CONTINUÉ LES RECHERCHES SUR L'IJIME
ET ON A DÉCOUVERT QUE TU ÉTAIS LA COUPA-BLE !

... QUOI ?
MORIMIYA-KUN AINSI QUE KINOSAKI-KUN SONT ICI PRÉSENTS
CHIKA-CHAN ...
CE ...
CE N'EST PAS POSSIBLE, MONSIEUR LE PRÉSIDENT !!
C'EST UN MALENTENDU !
QUI A OSÉ DIRE UNE CHOSE PAREILLE ?

C'EST UN PROFESSEUR
ET JE DOIS DIRE QUE L'INFORMATION EST SÛRE !
TU DEVRAIS MAINTENANT L'AVOUER
ET PRÉSENTER TES EXCUSES À MORIMIYA-KUN !

CHIKA-CHAN, S'IL TE PLAÎT ...
PRÉSENTE-MOI TES EXCUSES !
JE T'EN PRIE ... !!
SI TU LE FAIS, TOUT SERA FINI
ET ON POURRA RECONSTRUIRE ....
... NOTRE AMITIÉ
NOUS SERONS À NOUVEAU AMIES !

ES-TU STUPIDE OU QUOI !?
HI ! HI !
JE DÉTESTE CE GENRE D'HYPOCRISIE
ET J'AI LA HAINE !!
TU M'ENTENDS !?

ÇA NE CHANGE RIEN QU'UN PROF L'AIT DIT !?
VOUS VOUS TROMPEZ COMPLÈTEMENT ! ÇA NE ME TOUCHE PAS !!
ÉCOUTEZ-MOI BIEN, JE N'AI PEUR DE RIEN ! ... RIEN DU TOUT !!
MEN-TEUSE !
TU AS PEUR DE LA MORT
QUE DIS-TU ??

COMMENT OSES-TU
SANS MÊME ME CONNAÎTRE ?!?
C'EST EXACT, JE NE TE CONNAIS PAS !
PARCE QUE TU M'INDIF-FÈRES !
SI JAMAIS UNE PERSONNE DEVAIT S'INTÉRESSER À TOI ET T'ÉCOUTER ...
CE SERAIT ...
SEULEMENT HARUKO, NON ?

TU ES EN BONNE SANTÉ
HONNÊTE ET PROTÉGÉE PAR TOUT LE MONDE !!
... VOILÀ
ENCORE ET TOUJOURS !
TU AS TOUJOURS QUELQU'UN QUI T'AIDE !!

TU AS DE LA CHANCE !
ÇA ME FOUT EN L'AIR !!
JE TE DÉTESTE !!

Intervalle 1/4
-5-
je pense qu'on devrait m'appré-cier plus !
je suis tellement abattue que des boutons me poussent partout !!
Hop
TU T'INQUIÈTES POUR RIEN ...
VOILÀ, TON PLAT PRÉFÉRÉ !
Ooh, comme c'est touchant !
et, elle mange !

PAUVRE TAKIOKA ... IL VA L'AVOIR MAUVAISE !!
TOI AUSSI, TU ES TRÈS PROTÉGÉE PAR TON ENTOURAGE !
IL S'INQUIÈTE TELLEMENT POUR TOI !
UNE OPÉRATION À L'ÉTRANGER POURRAIT TE SAUVER LA VIE
MAIS, IL RESPECTE TA VOLONTÉ ET FAIT TOUT CE QUE TU EXIGES, HEIN ?!
... QUOI ?

C'EST IDIOT ! ON T'A RACONTÉ ...
N'IMPORTE QUOI !!
CE N'EST PAS CE QU'IL PENSE !!
HÉ ...
MAIS SI ON NE SE DIT RIEN, COMMENT PEUT-ON SAVOIR CE QUE L'AUTRE PENSE !?
EXPLIQUE-MOI, COMMENT ON COMMUNIQUE SANS SE PARLER !?
ON FINIT PAR NE PLUS SE COMPRENDRE !?
ALORS, POURQUOI LES HUMAINS ESSAIENT DE SE PARLER ?

TU VOULAIS QUE JE TE TROUVE, C'EST ÇA ?
QUE JE VIENNE POUR DÉCOUVRIR LA VRAIE CHIKA-CHAN, NON ??
TU N'ES PAS ENCORE UNE VRAIE COLLÉGIENNE, ALORS ...
TU VOULAIS QU'ON SACHE QUE TA VIE EST COMME UN MIRAGE !
NE M'ABAN-DONNE PAS !!
C'EST TOI QUI M'AS MISE DANS LA POSITION D'UN "HUN-TER" !!

TU VOULAIS GRAVER TON EXISTENCE ...
DANS LA MÉMOIRE D'UNE PERSONNE POUR QU'ELLE NE T'OUBLIE JAMAIS
AVANT ...

AVANT DE PENSER À TOUT ÇA ...
POURQUOI NE M'AS-TU RIEN DIT ?!?
NE RENONCE PAS SOUS PRÉTEXTE QUE PERSONNE NE TE COMPREND !!
A ...
ARRÊTE DE M'ANALYSER COMME ÇA !!
AAAH TU M'ÉNERVES !!

AU FAIT ...
J'AI QUELQUE CHOSE À VOUS DIRE
ON A LAISSÉ LE MICRO EN MARCHE DANS CETTE PIÈCE
DONC, TOUT CE QUI SE PASSE EN CE MOMENT ...
EST DIFFUSÉ DANS TOUTES LES SALLES, Y COMPRIS CELLE DES PROFESSEURS !
MÊME SI C'EST LA FIN DES COURS, ON NE SAIT PAS COMBIEN D'ÉLÈVES NOUS ÉCOUTENT ...
... VOUS ...
VOUS ÊTES UN MINABLE !!

VOUS N'AVEZ PAS SUPPORTÉ QU'ON VOUS METTE SUR LA SELLETTE, MAIS VOUS EN FAITES AUTANT
VOUS ... KINOSAKI !!
JE NE VOUS LE PARDONNERAI JAMAIS !!
OH LÀ, QUE TU ES BÊTE !
ÇA NE T'APPORTERA RIEN DE M'ATTAQUER
OUI, C'EST TELLEMENT FACILE DE M'ACCUSER COMME ÇA !
SEULEMENT, TU NE RÉALISES PAS QUE HARUKO EST DE TON CÔTÉ !!
TU ES AVEUGLE OU QUOI !?

C'EST ...
TA DERNIÈRE CHANCE, NON ??
CE N'EST QU'UN MENSONGE !!!
QUE NOUS CHANTES-TU ENCORE ?
ELLE T'AIME, C'EST TOUT SIMPLE !
HARUKO T'AIME !!

JE …
JE COMPRENDS UN PEU
CE QUE TU RESSENS !
HEIN !?
COMMENT POURRAIS-TU ME COMPRENDRE !?
ALORS QUE LE COUPABLE EST INVISIBLE !!
JE …
JE TE COMPRENDS EN ÉTANT VICTIME D'IJIME

TU TE SENS COMME MOI, NON ??
LA MALADIE T'A ENLEVÉ TA LIBERTÉ
ET ELLE T'A LAISSÉE SEULE AVEC TES ANGOISSES ...
SANS SAVOIR POURQUOI ...
SANS AVOIR RIEN FAIT DE MAL À PERSONNE ! ALORS, TU TE SENS TRAQUÉE !
J'AI BIEN COMPRIS !

C'EST POUR ÇA QUE ...
NOUS POUVONS NOUS DONNER LA MAIN MÊME EN ÉTANT DOS-À-DOS !
JE VOUDRAIS TE DONNER LA MAIN ...
PARCE QUE JE SUIS TOUT PRÈS DE TOI, PLUS QUE PERSONNE !!

CHIKA-CHAN, J'AI ATTRAPÉ LA SORCIÈRE !
JE T'AI ATTRA-PÉE !
MAINTE-NANT ...

À TON TOUR DE VENIR VERS MOI
PARCE QUE ...
J'AI REMPLI MON CONTRAT !

JE SUIS ARRIVÉE ...
JUSQU'À CHIKA-CHAN ...
ENFIN !

CELA FAIT CINQ JOURS MAINTENANT

QUANT À MOI ...
JE SUIS BIEN CERTAINE D'AVOIR GAGNÉ UNE VIE PLUS TRANQUILLE
OUIIIIN !
QU'EST-CE QUE JE DESSINE MAL !
MOI AUSSI ... !
JE VOIS DES PAYSAGES ORDINAIRES
ET DES SCÈNES DU QUOTIDIEN
SAUF QU'IL Y MANQUE CHIKA-CHAN ...
Fuuu

J'AI SÛREMENT FAIT UNE CHOSE IRRÉPARABLE !
QUELQUE PART, JE VOULAIS TELLEMENT DÉMASQUER LE COUPABLE
JE ME SENS COUPABLE ...
D'AVOIR POUSSÉ CHIKA-CHAN À S'ÉLOIGNER
ET SI C'EST LE CAS ...
AAAH ! JE SAIS TRÈS BIEN CE QUE VEUT DIRE ÊTRE EXCLU
POURTANT C'EST MOI QUI LE LUI FAIS SUBIR ...
C'EST VRAIMENT DU GÂCHIS ...

HARUKO !
... AH ...
KINOSAKI-SENPAI ... !
HÉ, ACCROCHE-TOI BIEN !
PAF
OUAIIIS
J'AI UN MESSAGE DE TAKIOKA
IL AIMERAIT T'INVITER CHEZ LUI SAMEDI PROCHAIN

IL PARAÎT QUE TOYODA VEUT TE VOIR !
C'EST ...
C'EST VRAI !?
OUAIS ...
MOI AUSSI, J'Y VAIS POUR EMPRUNTER UN JEU VIDÉO
ON POURRAIT Y ALLER ENSEMBLE ?
OUI !!
JE SUIS TELLEMENT CONTENTE ...

DE POUVOIR REVOIR CHIKA-CHAN !!
TAKIOKAAAA !
C'EST NOUS !
SALUT !!
ENTREZ, ENTREZ !
WAOUH, C'EST GRAND ... AH, BONJOUR !

EH ...
HARUKO-CHAN
CHIKA-CHAN ... !
Lucy
NE ORK
air
WEAR IS HIGH

ASSIEDS-TOI !
OU ... OUI ...
POUF
EUH ... PAR QUOI JE POURRAIS COMMENCER
JE SUIS MAL À L'AISE ...
... AH OUI !
JE VAIS LUI DEMANDER DE M'EXCUSER !

JE SUIS DÉSOLÉE ...
AH HA HA
HI HI HI
CHIKA-CHAN RIGOLE
C'EST SUPER !
... EUH ...
DIS, HARUKO-CHAN ...

EN FAIT, J'AI DÉCIDÉ DE ME FAIRE OPÉRER
C'EST ... VRAI !?
OUI ...
LA PEUR ME FAISAIT HÉSITER, MAIS ...

À VRAI DIRE ...
DEPUIS QUE JE SUIS AU COLLÈGE, JE ME SENS MIEUX
MALGRÉ LES MÉCHANCETÉS QUE JE FAISAIS
NE ...
NE TE FÂCHE PAS, S'IL TE PLAÎT
MAIS ...
JE ME SUIS BIEN AMUSÉE AU COLLÈGE

C'EST VRAI ...
AVEC TOI, AKANE-CHAN ET KODE-CHAN ...
ON RENTRAIT ENSEMBLE EN MANGEANT DES GLACES
ON S'AMUSAIT À RACONTER DE PETITES HISTOIRES FUTILES
TOUT ÇA ÉTAIT ...
TELLEMENT RICHE !

AAAH
JE VIS ...
MA VIE À PRÉSENT
JE LA SENTAIS ...
COMME ÇA !
MON MÉDECIN A DIT QUE L'OPÉRATION SE PASSERAIT BIEN SI JE RESTE AINSI
ET SI ÇA MARCHE ...
JE POURRAI CONTINUER À VIVRE
COMME QUAND J'ÉTAIS AVEC VOUS
TOUT LE TEMPS ... POUR TOUJOURS, NON ?

Intervalle 1/4

-6-

En fait... tamie mange tout ce que pou laisse dans l'assiette, c'est pour ça qu'elle est grosse... Et puis, pou a vieilli, et il a commencé à avoir des problèmes d'urine. Alors, je lui donne de la pâtée, pourtant avant il la mangeait avec des croquettes. quant à tan-chan, elle raffole de croquettes, contrairement à pou qui adore la pâtée. Bref, ces derniers jours, c'est pou qui mange ce que tan-chan a laissé dans son assiette. j'espère que ça va la faire maigrir un peu... pou a maintenant dix ans alors que tan-chan en a neuf (en 2001). Ils ne sont plus très jeunes, et ça m'inquiète un peu même s'ils ont tous les deux la santé !! Avoir la santé, c'est plus important que tout... Finalement c'est la même chose chez les chats que chez les humains, pas vrai !?

... MERCI !
TU VOIS ...
JE ME SUIS DÉCIDÉE !
CHIKA-CHAN !!
BLAM
HARUKO-CHAN !!

AAH JE SUIS SI HEUREUSE ...
TON OPÉRATION VA RÉUSSIR
TOUT VA BIEN SE PASSER
TELLEMENT ... TELLEMENT HEUREUSE !!
J'EN SUIS SÛRE !!

DIS-MOI, HARUKO-CHAN
... UMH
QUOI ?
JE SUIS PROFONDÉMENT DÉSOLÉE DE CE QUE JE T'AI FAIT
JE LE REGRETTE ÉNORMÉ-MENT
ON N'EN PARLE PLUS, C'EST FINI !
NON, JE VOULAIS ...
ME RACHETER
J'AI DONC PRÉVU QUELQUE CHOSE POUR TOI !

... HEIN ??
RENON-CHAN, C'EST BON !
OK !
TU VIENS !!
BRRR, JE N'AI PAS ÉTÉ TROP FROIDE !
NON !
TU ÉTAIS GÉNIALE !!

DIS DONC ...
CHIKA-CHAN ...
ÇA VEUT DIRE QUOI ?
WEAR IS HI
NEWYORK
JE VOUS DEMANDE DE ...
SA LUER
M'EX-CUSER TOUS LES DEUX ! (4)

C'EST MOI QUI AVAIS ORDONNÉ À RENON-CHAN DE TE SÉDUIRE ...
POUR VOUS SÉPARER À TOUT PRIX
J'ÉTAIS SANS DOUTE JALOUSE
PARCE QUE VOUS AVEZ BEAUCOUP DE COMPLICITÉ ENSEMBLE !
MOI AUSSI, JE TROUVERAI UN PRINCE CHARMANT ...
LORSQUE JE SERAI GUÉRIE !

C'EST BIEN ÇA, KINOSAKI ! ALORS ...
... BON COURAGE !!
... QUOI ?
... HÉ !
BON BEN, ON VOUS LAISSE !
MAIS ?!
CLAC

ÇA VEUT ...
DIRE QUE ...

Magie
Intérieure!

... EUH ...
C'ÉTAIT BIEN EN TOUT CAS ...

OUI ...
C'EST GRÂCE À VOUS !
VYORK

AU FAIT ...
TU M'AS BIEN DIT QUE SILK VENAIT DANS TES RÊVES
!!
PARDON ? ... AH, OUI !
JE PEUX PARLER AVEC LUI DANS MES RÊVES
UMH ...
J'EN AI FAIT UN AUSSI AVEC SILK !!
DISONS PLUTÔT QU'IL EST VENU !
HEIN !
C'EST VRAI !?

OUI, IL M'A UN PEU REMIS EN PLACE
MAIS IL EST COOL !
...
...
...
WOUAAAH
C'EST ÉTRANGE !
C'EST DÉCIDÉ !

TOYODA A ÉTÉ TRÈS COURAGEUSE, ALORS ...
MOI AUSSI, JE DOIS L'ÊTRE ...
OUI !
EH BIEN, ÇA FAIT DÉJÀ UN MOMENT QUE ...
JE TE ... PLUTÔT QUE TA MÈRE, LA PREMIÈRE CYNTHIA ... EUH ...
TU ES ...

TU ES DEVENUE TRÈS IMPORTANTE POUR MOI
... PARDON ?
JE NE VOULAIS PROTÉGER QUE TOI
WEAR IS HIGH-WAY
QUOI !??
BEN, NON ... !
CE N'EST PAS TRÈS CLAIR, HEIN ?!

BREF, CE N'EST PAS EN TANT QUE MESSAGER ...
ENFIN, JE NE VEUX PLUS N'ÊTRE QU'UN MES-SAGER
MAIS, EN TANT QU'ÊTRE HUMAIN ...
EUH !
!?
ET NON, CE N'EST PAS ÇA NON PLUS ... COMMENT JE PEUX ...
JE SUIS HUMAIN, MOI !
HI HI HI

ÇA VEUT SIMPLEMENT DIRE QUE ...
QUE JE T'AIME !!
MOI AUSSI, JE L'AI COMPRIS ...

QUAND JE ME SUIS ACCROCHÉE À VOUS L'AUTRE JOUR ...
J'AI SU VÉRITABLE-MENT ...
QUE J'AVAIS BESOIN DE VOUS !
ALORS, MOI AUSSI ...
JE VOUS AIME !

VLAN
GLOUPS
NEWYO
air

OUAIIIIIS !!
YOUPI YOUPI
FÉLICITATIONS !!
SUPER !!
... ...
JE M'INTÉRESSE MAINTENANT À TAKIOKA-SENPAI, ALORS NE VOUS EN FAITES PAS POUR MOI !!
KOUAAAH ? DEPUIS QUAND !?
AH BON !?
RENON-CHAN, TU PLAIS AUX FILLES !!
air

KINOSAKI-SENPAI ET MOI ...
NOUS NOUS DONNONS ...
ENFIN ... LA MAIN !

Intervalle 1/4

VOILÀ, C'EST DÉJÀ LE DERNIER VOLUME DE "MAGIE INTÉRIEURE !" JE VOUS REMERCIE BEAUCOUP D'AVOIR ENCOURAGÉ HARUKO, SILK ET MÊME CHIKA !! PLUS L'HISTOIRE TOUCHE À SA FIN, PLUS VOUS APPRÉCIEZ CHIKA, ET ÇA ME FAIT PLAISIR. TANT QUE J'Y PENSE, JE VOUDRAIS VOUS DEMANDER DE M'EXCUSER AU SUJET DE MA PROMESSE, CAR J'AI ÉCRIT DANS UN INTERVALLE 1/4 D'UN DE MES MANGAS QUE JE FERAIS LA SUITE DE LA "SÉRIE AKUMA-KUN" AU SEIN D'UNE REVUE QUI CHAPEAUTE UN CERCLE LITTÉRAIRE. JE M'EXCUSE POUR CEUX QUI L'ONT CHERCHÉE OU CEUX QUI AIMERAIENT LA TROUVER, CAR JE N'AI PAS ÉTÉ TRÈS CLAIR... CELA VEUT BIEN DIRE QUE J'AI L'INTENTION DE LA CONTINUER (SANS SAVOIR ENCORE DANS QUEL STYLE), SI UNE OCCASION SE PRÉSENTE, MAIS POUR LE MOMENT IL N'Y A PAS DE PROJETS CONCRETS.

ALORS, GARDEZ LA FORME EN RESTANT LES PIEDS SUR TERRE ET EN TENDANT VOS BRAS VERS LES ÉTOILES !! JE VOUS DIS À TRÈS BIENTÔÔÔT !!!

LE 27/02/2001

EN FAIT, L'HISTOIRE N'ÉTAIT PAS ENCORE FINIE ...
Dis, Haruko ...
PFFFF
Qu'il est bon ce thé !!
ton papa revient bientôt au Japon, comme ça...
tout est bien qui finit bien !!
HEUREUSE
C'EST EXACTEMENT ÇA !
Mais dis donc ...
Mon message divin s'est parfaitement réalisé, n'est-ce pas !?
... quoi ?

tu te souviens de mon premier message ...
En dépassant les obstacles, tu rencontreras un amoureux comme le soleil !!
je te l'avais bien dit !!
MAIS QUE ME CHANTES-TU !!
TU T'ES TOUJOURS MÉFIÉ DE KINOSAKI-SENPAI, HEIN !!?
Ben ... parce que ... mais ...
HA HA HA HA !!

PADA-DADAA-AME !!
VOICI MA DERNIÈRE ENTRÉE EN SCÈNE !!!
... QUOI ?

MA ... MAMAN ??
HARUKOOO ! JE SUIS TELLEMENT HEUREUSE POUR TOI !!
IL PARAÎT QUE LA "MAGIE DU SOLEIL ET DE LA LUNE" A FAIT SON CHEMIN !!

LE SORT QUE J'AI JETÉ AVANT DE TE QUITTER S'EST RÉALISÉ !
C'EST PARFAIT !!!
QUE VEUX-TU DIRE ?
FAUT-IL QUE JE T'EXPLIQUE !?
KÔ-KUN ÉTAIT LE SOLEIL, ET TOI LA LUNE
C'EST MOI QUI VOUS AI ENSORCELÉS POUR PERMETTRE LA RENCONTRE !!

PARDON ??
SEULEMENT ...
Cynthiaaaa
CE N'ÉTAIT PAS SÛR ...
QUE VOUS TOMBERIEZ AMOUREUX L'UN DE L'AUTRE !
ON PEUT ALORS DIRE QUE
TOUT S'EST ARRANGÉ LE MIEUX DU MONDE !!!
NON, C'EST PAS ÇA !!!

AVEC SENPAI
ON S'EST CONNECTÉS TOUT SEULS
ET ON S'EST CHOISIS NOUS-MÊMES !!!
PAF
MEEEUU
TOI, TU N'AS PLUS QU'À NOUS ENCOURAGER, NON ?
HA HA HA HA
PAF
PROUVE-LE, ALORS !!

AFIN QUE VOTRE AMOUR S'ENRACINE
FAITES DES EFFORTS POUR RESTER PROCHES
CAR VOUS N'EN ÊTES QU'AU DÉBUT
DÉSORMAIS ...
VOUS ALLEZ DESSINER VOTRE ORBITE
SOYEZ DONC ATTENTIFS ...
ET PROFITEZ BIEN DU TEMPS QUE VOUS AVEZ

MAIS, J'AI ENCORE UNE CHOSE À TE DIRE ...
TOI AUSSI, TU AS ENSORCELÉ CETTE FILLE ... C'EST TON PREMIER ACTE MAGIQUE !
LÀ LÀ ...
TE RENDS-TU COMPTE ?
... AH
TU AS CHARMÉ CHIKA-CHAN
UNE SORCIÈRE NOUS SECOUE TOUJOURS ...

... SALUT HARUKO !!
MAMAN ÉTAIT VRAIMENT ...
SILK, ♡ JE COMPTE SUR TOI ! ♡
... UNE SORCIÈRE, APRÈS TOUT ?!!

VOILÀ ... VOILÀ ! MOI, LA FILLE DE MA MÈRE
COMMENT VAIS-JE GRANDIR ET QUELLE SORCIÈRE DEVIENDRAI-JE ?
MAIS, J'AI BIEN COMPRIS UNE CHOSE ...
C'EST APRÈS LE DÉNOUEMENT QU'ON SE REND COMPTE QUE C'ÉTAIT DE LA MAGIE

Magic intérieure ! 4 / fin

Collection des dessins de couvertures

Paru dans "Fleur et rêve" ◊ Numéro 1 en 2001

Paru dans "Fleur et rêve" ◇ Numéro 21 en 2000

Collection des dessins de couvertures / fin Paru dans "Fleur et rêve" ◊ Numéro 2 en 2001

CLÉS DE COMPRÉHENSION

AMOUR ⋆ PAGE 26

Les Japonais aussi fêtent la St Valentin ! Ce jour-là est réservé aux filles qui déclarent leur flamme aux garçons. C'est une occasion qui sert, en fait, à les encourager à se dévoiler. Le chocolat est ainsi devenu le cadeau incontournable de cette fête. Tout le monde en offre !
Les garçons ont alors un mois pour y répondre, et offrent des friandises le 14 mars (à l'occasion du « White day »).
Cependant, depuis une dizaine d'années, les filles offrent du chocolat « d'obligation » (« giri-choco » en japonais). Ce n'est pas pour déclarer son amour, mais pour animer une journée ou simplement par amitié. Elles en offrent à des collègues de travail, des amis proches. C'est finalement assez commercial.

LES SORTIES ⋆ PAGE 84

En principe, les élèves n'ont pas le droit de sortir du collège avant la fin des cours. Kinosaki a donc pris un risque pour pouvoir écouter Haruko, et lui permettre de se calmer dans un endroit tranquille.

SUFFIXE ⋆ PAGE 101

Normalement on met le suffixe « -san » pour les filles et « -kun » pour les garçons. Cependant, dans le cadre du travail notamment, on peut employer « -kun » en s'adressant à une fille plus jeune ou inférieure en grade. Comme ce président d'élèves parle un peu différemment des autres, cela fait partie de son caractère.

SALUER ⋆ PAGE 150

Baisser la tête témoigne du respect porté à celui qui nous fait face. C'est une notion très importante au Japon. Tout en disant « merci » ou « excusez-moi », on baisse la tête. Mais pour les proches, on dit plus simplement « merci », « salut ».

Ces habitudes se perdent un peu, mais le signe de tête reste un symbole fort. Par exemple, il est très impoli de marcher sur un oreiller, car on est censé y poser sa tête. La tête représente l'intégralité de la personne ; si on ne la baisse pas, cela peut être considéré comme un acte d'impolitesse, et parfois même de supériorité.

Un regard sur la vie scolaire

Sara, l'adaptatrice de « Magie Intérieure ! », pose quelques questions à Yuko, la traductrice, au sujet de l'école à la japonaise :

★ Que penses-tu du système scolaire japonais ?

Ce que j'apprécie dans notre système scolaire, c'est que le redoublement n'existe pas durant la période d'école obligatoire. Car il me semble que le redoublement dans les classes du primaire doit être très difficile à vivre pour un élève. Chacun possède des capacités différentes : s'il y a des enfants qui courent très vite et qui chantent très bien, peut-être ne sont-ils pas très forts en maths - cela ne veut pas dire, en tout cas, qu'un enfant ne travaille pas bien. Ce serait donc dommage qu'il ne puisse pas partager sa vie scolaire avec des enfants de son âge.

★ Puisque le redoublement n'existe pas, certains élèves se retrouvent-ils en difficulté à la fin du collège ?

Je ne pense pas que l'absence de redoublement puisse entraîner de grandes difficultés pour certains élèves. On choisit son lycée selon ses notes et ses capacités : les étudiants passent un concours, organisé par l'école, pour pouvoir y entrer. Le choix est important, car chaque lycée possède son niveau, qui reflète lui-même celui des élèves. On nous évalue donc par rapport à l'établissement que nous intégrons. C'est pour cette raison qu'on travaille beaucoup pour entrer au lycée ou à l'université du meilleur niveau !

★ Le phénomène d'ijime est-il fréquent au Japon ?

Tout d'abord, une précision : en japonais, on emploie le verbe « ijimeru », qui veut dire « tourmenter, persécuter, taquiner, asticoter, tracasser, maltraiter ». Mais la transformation de ce verbe en nom est assez récente. Dans mon enfance, on n'employait jamais ce mot. Par contre, on pouvait l'entendre dans la phrase : « yowaimonoijime wa ikemasen » qui signifie « il ne faut pas tourmenter plus faible que soi ».
Comme l'auteur le fait remarquer dans les « intervalles », « l'ijime » est subjectif. Les coupables n'en sont pas toujours vraiment conscients ; quant aux victimes, elles en sont profondément blessées. Alors il est délicat d'en déterminer le nombre, chaque année, car si la victime se sent menacée par le coupable, elle ne va pas nécessairement en parler. Si l'on prend en compte des cas moins sérieux que celui raconté dans « Magie Intérieure ! », on peut tout de même dire que le phénomène est assez fréquent. Même s'il y a, aussi, des enfants qui s'amusent avec les autres et vivent

leur scolarité sans « ijime » ! Ce qu'il faut noter, c'est que certains enfants sont plus fragiles que d'autres et, ne trouvant pas de solutions à ce problème, choisissent l'échappatoire du suicide. C'est alors un drame pour leurs parents, et un fait inacceptable pour la société toute entière. Le suicide est un révélateur terrible pour les parents et les professeurs qui découvrent « l'ijime » à ce moment-là. Et si l'on a parle beaucoup d' « ijime » dans notre pays, c'est que l'augmentation du nombre de suicides qui en dépend est devenue préoccupante. Ce phénomène n'est pourtant pas limité au seul Japon, il n'est pas rare d'entendre parler de racket à la sortie des cours, en France. C'est une forme « d'ijime » qui n'est pas récente.
Le plus terrible, c'est que personne ne parvient vraiment à connaître les motivations de tels actes. Comme l'attitude d'Akane au début de l'histoire : elle suit les ordres, sans savoir qui les donne, ni pourquoi, mais elle a peur que cela se retourne contre elle.

★ Quels sont les moyens mis en oeuvre pour lutter contre ce phénomène ?

Les médias se nourrissent beaucoup du sujet ! Ils le traitent et l'analysent par l'entremise de témoignages des parents, amis ou professeurs de la victime. Des spécialistes sont aussi là pour en débattre, mais c'est toujours suite à un suicide, et donc trop tard. Malgré tout, cette sensibilisation du public laisse espérer un frein à cette tendance, et incitent les coupables d'« ijime » à réfléchir sur les conséquences de leurs actes.
Le corps enseignant, ainsi que les parents, sont plus attentifs aux enfants. Des salles ont été créées au sein des écoles pour parler de ce phénomène. Mais souvent, il est plus évident pour la victime de se confier à un tiers. Des associations ont donc mis des numéros gratuits à la disposition des citoyens pour pouvoir en parler.
De plus, afin d'inculquer la notion de morale dès le plus jeune âge, nous avons les contes traditionnels, mais aussi les histoires modernes à caractères éducatifs, comme les mangas par exemple.
Pourtant, comprendre ne signifie pas nécessairement « ne pas faire », et même si les adultes restent très attentifs, ils ont souvent du mal à considérer que cela peut arriver à leurs enfants ou dans leurs classes. Mais, je tiens à répéter que la plupart des enfants s'amusent et vivent leur scolarité sans être confronté à l' « ijime ».

★ Est-ce que l'ijime peut arriver à n'importe qui ?

Oui, tout à fait. La cible est souvent un individu isolé, qui se retrouve malheureusement seul contre tous, une personne un peu différente des autres. C'est précisément cette différence qui provoque le phénomène. Il suffit souvent d'un rien pour que l'engrenage se mette en marche.

★ Est-ce que l'on trouve ce phénomène d'ijime en dehors de l'école, dans le monde du travail, par exemple ?

Oui, c'est possible. Mais, ça se passe peut-être plus intelligemment, car il n'y a pas de dégât visible. Cela peut se traduire par des pressions de différentes natures, ou des refus de communication avec la victime, mais sans en entraver le travail. Je crois que ce n'est pas réservé qu'au Japon ! Il est vrai que les conséquences de l'« ijime » sont choquantes, mais il me semble que dans le monde du travail, au Japon, c'est comme partout dans le monde.

Si le sujet t'intéresse, je te conseille de lire le roman d'Amélie Nothomb « Stupeur et tremblement ». Cependant, ce qu'elle décrit est vraiment un cas particulier, car je n'ai jamais entendu parler d'une société japonaise qui réserve un tel sort à un ressortissant étranger. En général, on est très respectueux avec les étrangers, et on les aime bien.

★ À ton avis, pourquoi ce besoin de rejeter l'autre pour l'exclure du groupe ?

En japonais, on a l'expression « mukatsuku » qui veut dire à peu près « ça m'énerve ». En regardant une personne différente, si on a du mal à l'accepter, on dit : « Mukatsuku !! ». Ca peut commencer par là...

Le problème est qu'on se focalise sur la « différence ». À mon sens, nous sommes assez identiques en tant qu'être humain, pourtant si l'on regarde de plus près, chacun trouvera des particularités à l'autre.

Par exemple, au Japon, on rêve d'avoir des nez plus grands, moins plats... Tout le monde à son avis sur la question et nous pensons que la forme de nos nez est très variée. Mais non !... Par rapport aux nez occidentaux, hyper pointus, très grands, très fins, trop longs, assez larges, bien épais ou carrés... Vous avez la palme de la variété ! Et cela joue sur nos différences. On peut en dire autant pour les tailles de vêtements. Certains magasins de marques, chez nous, ne vendent que des tailles M (38), et d'autres proposeront S (36), M, L (40), ce qui reste très standard par rapport à vous. Cela, aussi, pourrait être un prétexte au rejet de l'autre.

Bref, depuis longtemps, la discipline de notre éducation n'accepte pas la différence, et il faut toujours faire comme les autres. Alors on a tout naturellement du mal à l'accepter. Mais, c'est sûrement grâce à ce trait de caractère que l'économie japonaise a progressé aussi rapidement après guerre... On dit souvent qu'on est trop disciplinés, mais ce n'est pas toujours mauvais, non ?

De plus, l'éducation japonaise tend à changer depuis ces dix dernières années. Elle commence à revendiquer l'importance de chaque personnalité. On est tous différents, c'est ce qui fait notre originalité. Ce qui compte le plus, c'est la solidité de notre éducation familiale, ainsi que notre capacité de communication avec les autres.

ot 24/3/14
5,50

Cosmo na Bokura ! - by Saki Hiwatari

First published in Japan in 2001 by Hakusensha Inc., Tokyo
French language translation rights in France arranged by Hakusensha Inc.,
Tokyo through Tohan Corporation, Tokyo
Supervision éditoriale : Akata

Dépôt légal : mars 2004. I.S.B.N. : 2-84789-167-6

Traduction : Yuko. k
Adaptation : Sara Centonze
Lettrage : Betty C.
Conception graphique : Trait pour Trait

Imprimé et relié en février 2004
sur les presses de l'imprimerie Aubin, à Ligugé.

www.akata.fr
www.editions-delcourt.fr